BROTHER × BROTHER

HIROTAKA KISARAGI

2

- Story & Charaktere - BROTHER×BROTHER

Die 3 Shirakawa-Brüder

Der jüngste Bruder – seine Mutter ließ sich von Kaoru scheiden und nahm Soichiro mit sich, darum auch der Nachname „Sonooka". Dem Testament seines Vaters folgend, zieht er bei seinen zwei älteren Brüdern ein. Er ist auf dem besten Weg, Schauspieler zu werden. Ehrlichkeit und Agilität sind seine Stärken.

Zweitältester Bruder – als uneheliches Kind einer Schauspielerin wuchs er unter schrecklichen Umständen auf. Jetzt lebt er mit Masato zusammen und arbeitet in einer Küche. Eine geheimnisvolle, kühle Schönheit.

Ältester Bruder – weil seine Mutter, die in der Filmbranche arbeitete, Kaoru heiratete, wurde er in die Shirakawa-Familie aufgenommen. Jetzt ist er ein junger, viel versprechender Artdirektor. Sein wildes und selbstbewusstes Wesen machen seinen Charme aus!

- Verbindungen -

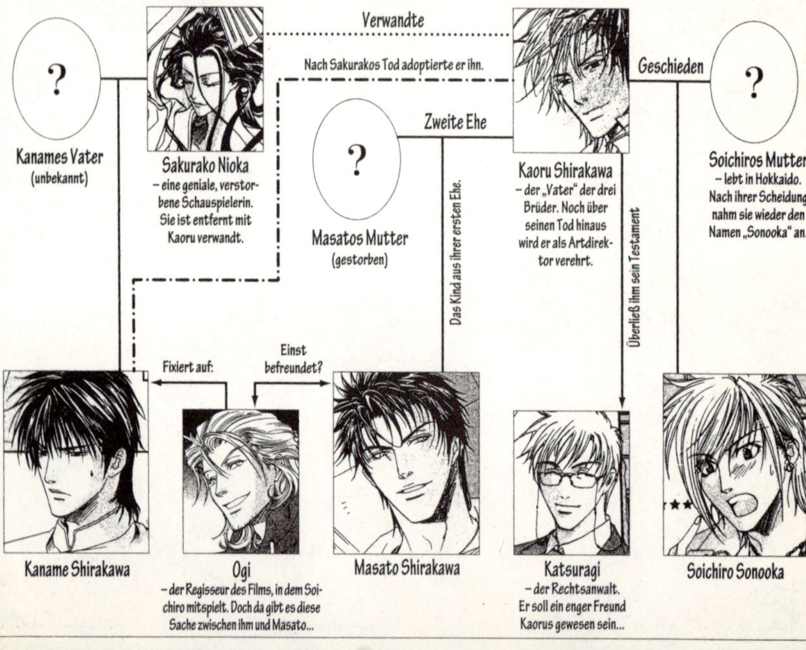

STORY

scene 1

Testament des Vaters:
Der Tod seines Vaters führt Soichiro nach 8 Jahren zurück in sein Haus. Dort müssen er und seine zwei älteren Brüder zusammenleben, wie es im Testament seines Vaters verfügt ist.

scene 2

Die Beziehung zwischen seinen Brüdern:
Soichiro bekommt von der Affäre seiner älteren Brüder Wind und ist völlig verwirrt, doch das interessiert Masato nicht. Er behauptet, seine Gründe zu haben...

scene 3

Die Schwierigkeiten zwischen ihm und seinen Brüdern:
Seine älteren Brüder standen seinem Vater viel näher als er. Als Mann und Sohn beschließt Soichiro, sie einzuholen, aber dann...

scene 4

Kanames Vergangenheit:
Soichiro gerät in Panik, als Kaname plötzlich nicht mehr er selbst ist und über ihn herfällt. Es ist Kanames Trauma, ausgelöst durch seine grausame Vergangenheit. Um mit seiner Vergangenheit abzuschließen, verlässt Kaname Masato und kehrt dem Haus den Rücken.

scene 5

Soichiros Entscheidung:
Keiner der drei Brüder ist mit dem anderen tatsächlich blutsverwandt. Als Masato zu Soichiro sagt: „Trotzdem willst du dieses verdammte „Brüder-Spielchen" weitermachen?", explodiert Soichiro!

BROTHER × BROTHER 2

INHALT

BROTHER×BROTHER

area 6

Mutter, wie geht es dir so in Hokkaido?
Ich bin gerade...
... hundemüde.
Haaa...
Zwei Wochen sind vergangen, seit ich nach Tokio gezogen bin. Ich habe hier einen Job gefunden und wollte gerade in mein neues Leben durchstarten, als...
... einer meiner großen Brüder, die ich erst seit Kurzem kenne, von zu Hause ausgerissen ist.

Haaa...
Ich habe die ganze Nacht lang die Gegend abgesucht, aber.
... ich habe keine Ahnung, wo er hin ist.
Ich habe einfach drauflos gesucht.
Wen wundert's...
... ich kam nur auf diesen Park und Katsuragi-san.
Bin wieder da...
ガチャ
Ach so...
... Wenn Sie Kaname sehen, rufen Sie mich bitte zurück.
Entschuldigen Sie den frühen Anruf.
Hast du ihn gefunden?

...
Nein.
Das dachte ich mir.
DIREKT
Ungh!
ピピ
Ich habe schon alle, die Kaname kennen, angerufen, aber keiner von ihnen hat ihn seit gestern gesehen.
Ich werde die Suche jetzt also ausweiten.
...
...
...
Ach Mann...
...Jetzt gerade...
...bin ich ein echter Nichtsnutz.
Ich könnte was kochen ...

„Tu nicht so, als wären wir keine Brüder!“
Das habe ich Masato-san einfach ins Gesicht gebrüllt, dabei...
... weiß ich in Wirklichkeit kaum etwas über Kaname-san.
Da bin ich...
Alles, was ich über ihn weiß, ist...
... dass er unglaublich gut kochen kann...
... und dass er eine Beziehung mit Masato-san hat...
... Und dann noch...
Miau

Da...
... hat Kaname-san geschlafen, aber wieso?

„Es ist alles in Ordnung!!“
Kaname-san...!

Ich habe gekocht...!
Keine Ahnung, ob man das essen kann!
...
Äh, also...
... ich will mich nicht rechtfertigen, aber bisher habe ich fast nie kochen müssen.
Ich dachte, ich könnte zumindest ein Sandwich machen.
Ach Mann... Es tut mir so leid!
Hä...?
ぱく

Oh...
... Das hätte ich von ihm jetzt nicht erwartet.
Hä?
Na ja, ich dachte, vielleicht schmeckt dir das Essen ja doch...?
Was ist?
Was starrst du mich so an?
Nein, es schmeckt so grauenvoll, wie es aussieht.
FREIHERAUS
Ach so...
Aber ich drücke ein Auge zu, weil Kaname nicht da ist...
... Außerdem habe ich Hunger.

Kann es sein...
... dass du gar nicht kochen kannst, Masato-san?
...
Grins
Tss!
Ich kann nichts dafür...
... die Küche ist Kanames „Festung“.
Darum meide ich sie so gut es geht.
„Festung“...?
Schläft Kaname-san immer in der Küche?!

...
Hast du Kaname in der Küche schlafen sehen?
Hä? J-Ja...
... Er hatte schlecht geträumt und ich habe ihn geweckt.
Kaname-san...
... war dabei irgendwie nicht er selbst.
Verstehe...
... Deshalb also...!
Was ist?
Hab ich was falsch gemacht?

Nein...
...
Ich glaube...
... du hast ein...
... Recht, es zu erfahren.
...
Was meinst du damit?
Du hast es gesehen, oder?
Kanames Anfall.

*Abkürzung für Post-Traumatic Stress Disorder – Posttraumatische Stress-Störung

Kaname wuchs auf in einer Welt, in der er nur geliebt wurde, wenn er dafür etwas hergab.
Ihm wurde eingeredet, man biete ihm Schutz, wenn er dafür seinen Körper anbietet.
Diese „Bedingung“ wurde für ihn zum Trauma...
... und hat sein Herz vergiftet.
Auch jetzt noch, sobald das Trauma wieder hochkommt...
... überfällt ihn der Drang, mit jemandem schlafen zu müssen, damit er seinem schrecklichen seelischen Schmerz entkommen kann.
Das...
Kaname hatte aber auch einen „Zufluchtsort“...
... und das war die Küche.

Kaname soll schon früher so gut gekocht haben.
Selbst seine Mutter war nett zu ihm, wenn sie aß, was er für sie gekocht hatte.
Im Laufe der Zeit wurde die Küche deshalb zum Mittelpunkt seines Lebens.
Aber das bedeutet, dass die Küche in direkter Verbindung zu seiner Vergangenheit steht.
Dass jemand seine Küche betritt, bewirkt bei Kaname, dass ihm sein Trauma ins Gedächtnis zurückgerufen wird.
Dann...
...war das also...?!

„Bitte vergiss alles."
Später starb Kanames Mutter und dein Vater adoptierte ihn, weil er mit seiner Mutter entfernt verwandt war.
Schließ-lich...
... habe ich mit ihm geschlafen.
Kurz danach habe ich Kanames Anfälle bemerkt.
Hast du das...
... gemacht, weil du Kaname-san liebst?

Nein...
... keine Spur.
...?!
Kaname und ich hatten keine andere Wahl. Es ging einfach nicht anders.
Es gab von Anfang an keine Liebe zwischen uns.
Besser gesagt...
... sind wir „Komplizen".

Ich glaube...
... das kann ich nicht nachvollziehen.
In jenem Moment habe ich Kaname-san umarmt...
... weil ich ihn nicht länger leiden sehen wollte.
Ich könnte es...
... bestimmt nur mit dem Menschen tun, den ich liebe.
Aber...

... hätte ich gewusst...
... dass er nur dadurch gerettet werden kann...
... was hätte ich dann getan...?
...
Du bist naiv.
Wieso ist Kaname-san weg?! Er hatte keinen Grund zu gehen!
Fffh...
Deinetwegen.
Hä?

Wir sind mit deinem Vater nicht blutsverwandt, schon vergessen?
Kaname wollte von Anfang an, dass du dieses Haus bekommst.
...
Aber...!
Fffh...
Oh Mann... Er ist einfach gegangen, ohne zu wissen, wohin.
Es gibt auch keinen Ort, an den er gehen könnte...
...
... Oder doch...?!
...!
Hast du eine Idee, wo er ist?!

Nein...
... ich habe mich geirrt.
Vor allem...
... dort kann er nicht hingegangen sein.
Masato-sa...?!
Es ist Zeit, ich muss gehen.
Ich muss heute ins Studio...
... Und was machst du heute?
Äh...
... Ich habe heute keinen Dreh, aber ich wollte mir die Dreharbeiten anschauen.
Ich bringe dich hin...
... also mach dich fertig.
Hä?!
A-Aber wir müssen Kaname-san suchen...!

Es hat keinen Sinn.
Selbst wenn du ihn weiter suchen würdest, würdest du ihn nicht finden.
Überlass den Rest mir und konzentriere dich auf die Arbeit.
Du kannst die Situation sowieso nicht ändern.
Ungh!

とぼ とぼ
Mist...!
Wieder bin ich der Außenseiter.
Aber trotzdem...
...sind wir Brüder.
Nach einem Monat in Vaters Haus...
...entscheiden wir, wer von uns das Haus erben soll.
Diese Pflicht hat unser Vater uns aufgebürdet.
Mir ist egal, wer mit wem blutsverwandt ist oder nicht...
...aber...

„Kaname wollte von Anfang an, dass du dieses Haus bekommst."
„Er ist gegangen, ohne zu wissen, wohin."
Dass er das alles alleine bestimmt hat...
... macht mich nicht glück-lich...!
Es kann so...
... nicht weitergehen.
Er könnte jederzeit wieder einen Anfall kriegen...
... Dabei weiß er nicht, wo er hingehen soll...

„Du kannst die Situation sowieso nicht ändern.“
Aber...
... ich will ihm trotzdem helfen!
... Trotzdem...! Alles wegen mir...!

Ver-
dammt!
Ich muss irgendwas unternehmen...
...für ihn!
Sonst könnte es zu spät sein...!
Wo bist du?! Kaname-san...!
Aber was und wie?!
Es verwirrt und...
...schmerzt mich...!
Das hört nicht auf...!

Ist Kaname-kun...
... verschwunden?
Uah! Regisseur Ogi?!
SCHRECK
Hi! ♥
Es gibt heute keine Szenen für den junger Offizier, oder?
Wolltest du die Dreharbeiten verfolgen?
Wie fleißig!
Wi-Wi-Wie so sind Sie hier?!
Hm?
Um zu rauchen, weißt du?
Na ja...
... Eigentlich habe ich gewartet, bis Masato ins Studio nebenan kommt.

Aber dann bist du aus seinem Auto ausgestiegen, weißt du?
Etwas muss also passiert sein.
...
Sie nennen ihn „Masato“...?
Hm? Hab ich es dir nicht erzählt?
Masato und ich studierten zur selben Zeit an derselben Uni.
Und...
... die Geschichte mit Sakurako Niokas Kind...?
Kaname Shirakawa...
... dein älterer Bruder, nicht wahr?
Ha, ha, ha!
mir leid, dass
ch mich blöd
estellt habe!

Weil du Sonooka heißt, war ich anfangs nicht sicher, aber...
... als ich dich sah, wusste ich sofort, wer du bist...
... denn du siehst Kaoru Shirakawa sehr ähnlich.
Hä...?
Hm... Kaname-kun hat schneller gehandelt, als ich dachte.
Eigentlich wollte ich Masato noch etwas aufstacheln.

Selbst jetzt noch...
... ist Sakurako Niokas Einfluss auf Kaname-kun stark genug, um ihn an sie zu fesseln.
„Dorthin..."
„... kann er nicht gegangen sein."
Ja...
... Kaname-san ist Sakurako Niokas Kind...
... Aber dann...
... kann es nur einen Ort geben, den er aufsucht...!
Regisseur Ogi!

Hm?
Hören Sie!
Wissen Sie, wo Kaname-san... nein, Sakurako Nioka früher gewohnt hat?!
Wenn Sie es wissen, bitte sagen Sie es mir!
Kaname-san könnte dort hingegangen sein...!
Egal, wie gering die Chancen stehen...
...ich tue alles, was in meiner Macht steht!
...
Na ja...

... Ich könnte das für dich herausfinden.
Wirklich?!
Aber...
... nur unter...
... einer Bedingung.
Lächel
area 6 × ende

BROTHER×BROTHER
area 7

Richtig...

... Ich bin hierher zurückgekehrt...
... zurück in dieses Haus.
Alles ist so...
... wie damals.

Du willst, dass deine Mutter dich liebt, oder?
Hör zu, Junge...
... Liebe kriegt man nicht umsonst.
Wir alle bieten ihr unsere Körper, damit sie uns liebt.
Aber du willst, dass sie dich umsonst liebt, nur weil du ihr Sohn bist. Ist das nicht dreist?
Verstehst du, was ich meine, Junge?
Du musst genauso hart arbeiten.

Nur ich kann Sakurako davon überzeugen, was für ein guter, braver und lieber Sohn du bist.
Deshalb...
... Wenn du brav die Beine breit machst, wird deine Mutter dich eines Tages auch lieben.
Ich darf...
... nicht mehr weglaufen.

Das muss alles weg...
... Dieses Haus, meine Vergangenheit, alles...
... dann bin ich auch wieder...!
„Kaname-san!"
Soichiro...

Ich schaffe das.
Ich ziehe...
...das durch.
Komisch...

... Es hat seit damals doch keiner hier gewohnt...
... Trotzdem sind einige Sachen verschwunden...
...
Was soll das...?!

Wa...?!
Ich dachte, du wärst ein Dieb.
Lange nicht gesehen, Junge.

Du bist doch...!!
!!
Fünf Jahre ist das her...
... Nach Sakurakos Tod hat dich jemand adoptiert, richtig?
Egal, du hast dich gar nicht bei mir gemeldet, wie undankbar!
Vielleicht nicht offiziell, aber...
... eigentlich bin ich dein Stiefvater.
Ngh...!

Wi...
... Wieso bist du hier?!
Wie gemein, dass ihr das Schloss ausgewechselt habt.
Dank dieser List eures Anwaltes musste ich unnötig Geld dafür ausgeben.
Dabei habe ich mich doch um diese irre Frau gekümmert.
Du schuldest mir einen Teil ihres Vermögens.
Tja, langsam gibt es hier nichts mehr zu verkaufen...
... Also hör zu, Junge...
... Dass wir uns hier wieder begegnen, ist ein Zeichen.

Das Geld, das du von dieser Frau geerbt hast...
... teil es doch mit mir, deinem Vater.
Ngh!
Niemals...!
Was?
Alles, was dieser Mensch mir hinter-lassen hat, werde ich irgendwo spenden!
Ich bin hier, um mit meiner Vergangenheit abzuschließen!

Hm...
... Hahaha!
Ab-schließen?!
Red keinen Müll! Du kannst nichts ungeschehen machen!
Du erinnerst dich doch noch ganz genau, oder?!
Wie du hier mit mir geschlafen hast...
... wird dein Körper niemals vergessen!

Sag mal, du hast doch sicher immer noch diese Krankheit, oder?
Du willst Männer hierzwischen haben und wackelst dafür mit dem Arsch...
... ich habe es nicht vergessen.
Denn ich habe dich dazu erzogen.
He, Junge...
... Lass uns wieder Spaß zusammen haben.
Braves Kind...

Ich bin...
... nicht mehr derselbe Junge wie damals.
Diese...
... Vergangenheit soll jetzt ein Ende haben!
...
Du...!

!!
Du bist genauso wie diese Frau!
Du hältst mich auch zum Narren...!!

Wa...?!

He, du!
Wer bist...?!

Ver...
... Ver-dammt!
Ich hätte nicht gedacht...
... dass du immer noch lebst...!
Ngh!

Dreck wie du verdient es nicht mal zu verrecken.
Lass dich nie wieder bei Kaname blicken!
Ungh!
Oh, da komme ich wohl gerade noch recht.
Ich habe mit Masato-kun nach Kaname-kun gesucht, und schon...
Lächel
... fange ich ganz unerwartet so einen dicken Fisch.

Als Rechtsanwalt.
... sorge ich dafür, dass Sie für alles aufkommen werden.
Und jetzt...
Hä?!
He, hey!
... besprechen wir alles in Ruhe. ♥
Warte!
Hm...
Soichiro...
... Wie bist du hier hergekommen?!
Ich habe Regisseur Ogi gefragt.
Was?!
Hey, Soichiro!

Kaname-
san...!
Nein...
Nein...
... Nein...!
Fass mich
nicht
an...!

Ich muss...
...irgend-
etwas tun.
Für ihn...
...lasse ich
meinen Gefühlen
freien Lauf und...

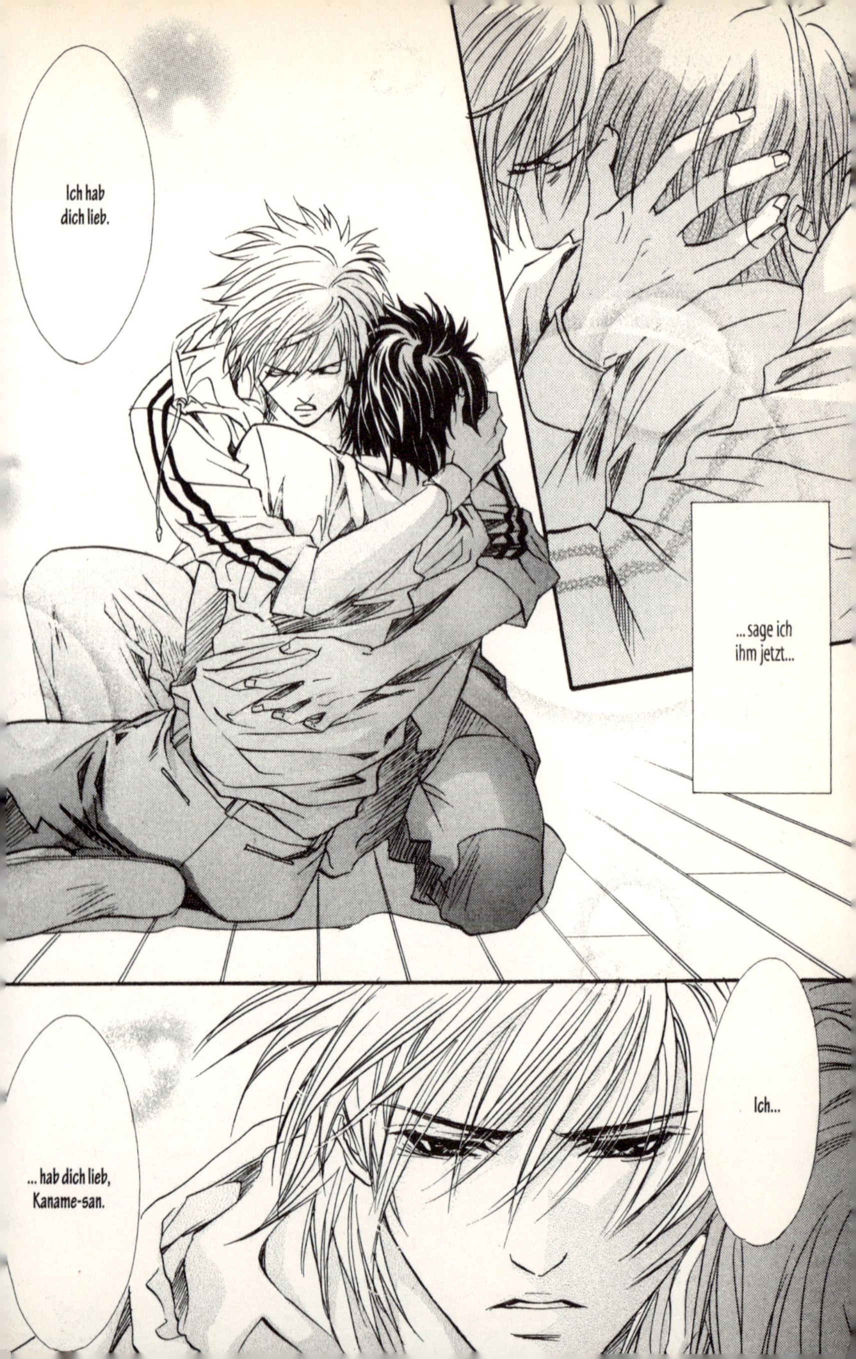

...sage ich ihm jetzt...
Ich hab dich lieb.
Ich...
... hab dich lieb, Kaname-san.

In Wirklichkeit hatte ich Angst.
Ich habe dich sehr lieb.
Als ich sah, wie er angegriffen wurde, bin ich durchgedreht...
Ich hab dich lieb.
... weil ich es nicht hätte ertragen können, ihn zu verlieren.
Ich hab dich wirklich lieb.
Ich liebe dich so, wie du bist...
... also...

... lass uns heimgehen...
... Kaname-san.

So ist das...
... So hätte ich es...
... damals wohl machen müssen.
Aber...
... so war es nicht.
Ich konnte nicht anders, als mit Kaname zu schlafen.
Ich glaubte, es sei der einzige Weg, ihm zu helfen.

Na ja...
Also dir bin ich...
... wohl nicht gewachsen, was?
... Aber man kann nichts dran ändern...
... Du bist schließlich auch Vaters Sohn.

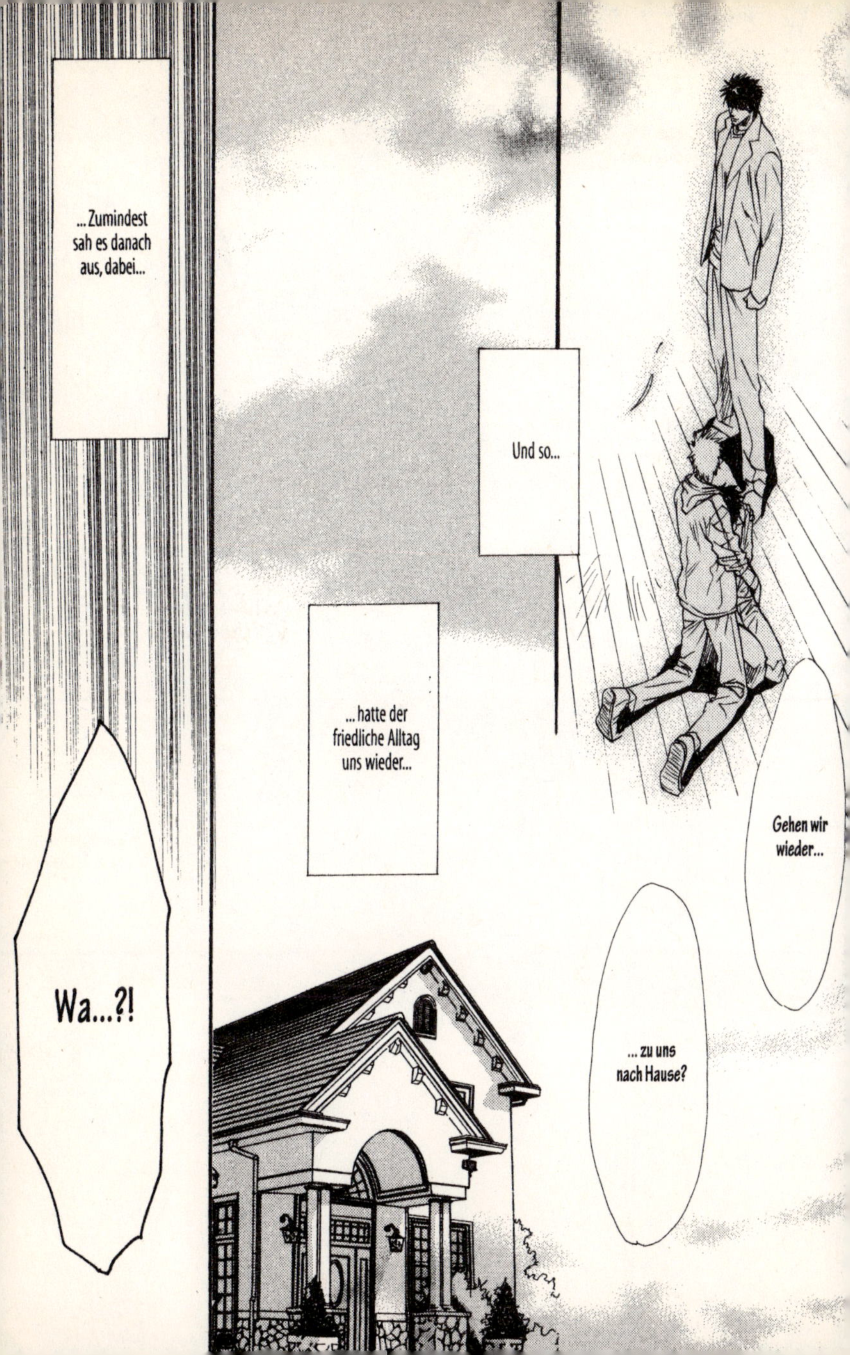
Und so...
Gehen wir wieder...
... zu uns nach Hause?
... hatte der friedliche Alltag uns wieder...
... Zumindest sah es danach aus, dabei...
Wa...?!

Was ist denn hier los?!
Es ist noch früh. Du bist zu laut.
Was hast du?
Das Wohnzimmer! Ich hatte es gestern aufgeräumt, und schon hat jemand wieder alles durcheinander geschmissen!
Ich war's nicht... Egal, Soichiro...
... Bevor du dir das Gesicht nicht gewaschen hast...
HEILIGES GEBIET
... darfst du
ht in die Küche kommen!
Hepp!
Jawohl...
Gut...
... Braver Junge.
Uh...!
BLUSH

Äh, nichts, ich...
... dachte nur, dein Lächeln ist schön.
Hehe...
Ach... du bist immer noch hier?
Du muss heute zu d Dreharbeit oder?
Räum das Wohnzimmer auf, bevor du gehst, Soichiro.
IGNORIER
Also doch! Du hast das Chaos da drin fabriziert!
Kaname, Essen!
Ach ja, du schuldest doch Ogi was, oder?
Das kommt dich noch teuer zu stehen, also sei gefasst.
Mo-ment ...!
Nie hört ihr mir zu!

... aber ein Ende der Probleme ist noch lange nicht in Sicht, Mutter...

area 7 × ende

BROTHER × BROTHER
area 8
Wenn ich mich richtig erinnere, war das der Anfang, aber auch das Ende von allem.
ガチャ
Bin wieder da.
Vater!
Du kommst gerade recht. Ein Anruf für dich aus dem Filmstudio in Matsuura...
... wegen der Ausstattung.
Masato...

BROTHER×BROTHER
area 8

Darf ich vorstellen?
Das ist Kaname.
Er sieht ihm ähnlich...!
Von heute an...

... ist er dein kleiner Bruder.
Als ich ihn zum ersten Mal sah, wurde mir klar...
... dass er, dieser Junge...
... alles, was ich bisher mühsam aufgebaut hatte, zerstören würde...
... und ich fürchtete ihn.

Hey, Masato!
Stimmt es, dass Sakurako Niokas Kind bei dir wohnt?!
...
Woher weißt du das...
... Ogi?

Ich habe Connections, weißt du?
Nach dem Skandal um ihren Drogentod kamen diese Gerüchte auf.
Sie hatte was mit dem Art-direktor Kaoru Shirakawa, richtig?
Ich habe ihr Kind schon mal gesehen. Es sieht Kaoru Shirakawa sehr ähnlich.
...
Na und?
Ist dieses Kind...
... wirklich von Kaoru Shirakawa?

Tss!
...
Sakurako Nioka war mit meinem Vater entfernt verwandt.
Deshalb hat er ihren Sohn adoptiert, das ist alles.
Also...
... warum zur Hölle rufst du mich an...
... Ogi?!
Ich will eines Tages die „Leidenschaft in Licht und Schatten“ selber drehen, dafür tue ich alles, das weißt du doch.
Aber sag mal...
... ihr Sohn ist wirklich hübsch, oder?
Sollte er mitspielen, könnte ich das perfekte Remake von „Leidenschaft in Licht und Schatten“ dreh...
BIEP

Also ehrlich...
... Alles nervt...!
Ah...
... hier bist du, Masato!
Kaname will endlich die Aufnahmeprüfung für die Fern-Oberschule machen.
Hepp!
Wenn du Zeit hast, hilfst du ihm bitte beim Lernen?
Klar...
... Kein Problem.

Gehst du gleich wieder ins Studio?
Neuerdings hast du mehr zu tun als sonst, Vater.
Ja...
... Ich will alle Arbeiten, die noch ausstehen, schnell erledigen.
Ach ja...
... Du willst Urlaub nehmen, sagst du.
Genau!
Deshalb hänge ich mich rein. Ich bleibe über Nacht dort.
Es wird eine lange Pause!
Ich freue mich schon so sehr darauf!

Wäre...
Wie immer...
... bist du wie ein kleines Kind, Vater.
... ich wirklich...
Wie wär's, wenn wir gemeinsam weit weg fahren, Masato?
Vor allem haben wir jetzt ein neues Familienmitglied.
Also...
... ich bin weg!
... wäre ich wirklich sein leiblicher Sohn...

... müsste ich nicht unter diesen Gefühlen leiden.
Egal, wie sehr ich mich anstrenge, ich komme nicht an ihn ran.
So, wie ich jetzt bin...
... kann ich ihn noch nicht in die Arme nehmen.

Selbst meine Position, sein einziger Sohn zu sein, ist jetzt gefährdet...
... durch diesen Jungen.
Und nichts steht mir zu.

Hör...
... endlich auf, in der Küche zu schlafen.
Wo ist dieser Mensch...?
ピク
Vater ist bei er Arbeit und leibt da über Nacht.
Hör zu...
... Du bist jetzt sein Sohn, also nenn ihn „Vater“!
Du bist echt frech...!
Je genauer ich ihn ansehe, desto klarer...
... wird mir, wie ähnlich er ihm sieht.

„Ist diese Kind...“
„... wirklich von Kaoru Shirakawa?“
Er geht mir auf die Nerven...
... Anderer-seits...
... kann ich ihn nicht einfach ignorieren... Wieso...?!
Tss!
Hey...
... Du meldest dich zur Fern-Oberschule an, ja?
Ich fühle mich, als könne er meine Gedanken lesen.
Du wirst dieses Jahr siebzehn, oder?
Was hast du in den zwei Jahren nach deinem Mittelschul-Abschluss gemacht?
...
Nichts...

Sakurako Nioka war das typische Beispiel einer selbstzerstörerischen Schauspielerin.
Sie wollte ihr Altern nicht akzeptieren, also verfiel sie dem Suff und nahm Drogen...
... Zuletzt war ihre Gesundheit völlig verloren und sie starb.
Sie soll ein wildes Leben geführt haben, mit ständig wechselnden Liebhabern.
Es kann gut sein...
... dass sie sich gar nicht um ihr Kind gekümmert hat.
Wie...
... hat er bisher nur gelebt?
...
Was...

... Was...
... machst...
... du...?
Fragt er nach meinem Beruf...?
Ich assistiere den Artdirektoren beim Film, aber...
... ich bin noch lange nicht so gut wie Vater.
...
Das habe ich nicht gemeint.
Diese Mensch
... ist nicht dein leiblicher Vater, habe ich gehört.
...
Was...
Ich bin...
... der Sohn von meiner Mutter und ihrem Ex-Mann.
... Was will er sagen?
Dann...

... hast du mit „Vater“...
... Sex?
Wa...?!
... weiß, was ich für Vater empfinde ...?!
Dieser Kerl...

Selbst wenn es nur zum Spaß ist...
... sag so was nie wieder!

Wir sind vielleicht nicht blutsverwandt, aber er ist mein Vater!
Wie kommst du auf solche Ideen?!
Sexuelle Beziehungen...
... gehören in keine Familie!
Genau...

... Für ihn bin ich bloß ein Mitglied der Familie...
...Ja, ich bin jetzt sein Sohn.
Deshalb werden meine Hände ihn niemals erreichen.
Oder glaubst du...
... glaubst du etwa...
... ich, sein Sohn, könnte einfach mit ihm schlafen, nur weil ich nicht mit ihm blutsver-wandt bin?!
Aber du, du mit seinem Gesicht...

Das ist doch...
... nicht normal...!
... wirfst mir genau das vor...!
ぴく

ふいっ
Ngh!
Wieso...
...sieht er mich so an...?
Tss...
...
Ich bin weg.

Du...
... sollst was essen, und dann...
... ab ins Bett!
Verdammt...
... ich bin völlig außer mir.

...
Neuerdings stimmt was nicht mit mir.
Um Vater ein guter Sohn zu sein, habe ich mich bisher bemüht, nett und anständig zu sein...
... aber bei diesem Jungen fühle ich mich, als könnte alles auffliegen.
Ich bin verwirrt...
Er...
... Schläft er schon?

...
Wasser...
Hat er...
... das alles selber gemacht?!

Soll das...
... eine Wieder-gutmachung sein...?
Lecker...
Tja, mit mir...
... stimmt wirklich etwas nicht.

Vielen Dank, aber ich muss leider gehen.
Wieso, Masato? Seit Neuestem kommst du gar nicht mehr mit.
Hast du eine Freundin?
Nein...
... Ich habe nur jemanden, der für mich kocht.
Also, ich gehe.
Seitdem hat sich mein Verhältnis zu ihm ein bisschen gebessert.
Er ist zwar nach wie vor unfreundlich, aber...
... ich glaube, ich verstehe langsam die Regeln zwischen uns.

Er spricht auch nicht mehr von jener Sache...
... Außerdem schmeckt, was er kocht.
Tja...
... schon seltsam, wie schnell ich mich an ihn gewöhnt habe.
Wenn wir uns weiter so gut vertragen...
... sehen wir dann in Vaters Augen aus wie...
... Brüder?
Ach ja...
... hör mal...

... Dass Sakurako Niokas Kind bei Masato zu Hause lebt, stimmt?
Ja...
... Regisseur Kaoru Shirakawa wollte es so.
Wieso reden sie davon?
Sag...
... stimmt das Gerücht mit Sakurako Niokas Geliebtem?
Ihr Geliebter erhebt Anspruch auf ihr Vermögen. Er behauptet...
... er habe sich um ihr Kind gekümmert.
Ah, ich weiß...
... Aber ich habe auch von einem üblen Gerücht gehört, dass...
... dieser Mann mit ihrem Kind eine Beziehung geführt haben soll.
...?!

Was?! Im Ernst?! Aber es ist doch ein Junge, oder?!
Er soll ziemlich hübsch sein, hab ich gehört.
Er müsste im Alter eines Oberschülers sein.
Mit einem Mann?!
Er hat mit einem Mann...
... Das ist nicht wahr!
Dann... hast du mit „Vater“ Sex?
Also...

... hat er sich selbst dabei gemeint?!

Er ist ...
... ganz anders als sonst.
Hallo? Hier ist Ogi!
Hörst du mich noch, Kaname-kun?
Kannst du mir bitte noch mehr von Sakurako-san erzählen?
Hallo?
Bitte...

... Bitte sag ihr nichts...
... ja?
Was ich in diesem Moment spürte, war...
... mein heftiges Verlangen nach ihm...
... und bittere Enttäuschung.
area 8 × ende

BROTHER×BROTHER
area 9

Ngh!
Was soll das, Kaname?!

Springst mich plötzlich an...!
Du scheinst ja geübt darin zu sein.
Ich weiß es...
... Du hast...
... mit einem Mann geschlafen, richtig?
...
Er leugnet es nicht mal.
Heißt das, dass es ihm egal ist...?!

Er verarscht mich!
Oder hältst du es nicht mehr aus, dieses...
... nette Familienspiel ohne Sex weiterzumachen?
Hast du immer mit deinem Körper die Männer zum Schweigen gebracht?
So wie jetzt? Jedes Mal, wenn jemand rausfand, dass du mit den Liebhabern deiner Mutter geschlafen hast?
Ngh...
Bin ich...
...für ihn einfach einer von diesen Kerlen?
GRABB

Ich hatte gehofft, irgendwann vielleich könnten wir wie Brüder sein...
...
... aber er...
... hält mich zum Narren...!
Ah...
GRABB
Nh...!
Wenn du...
Hm...?
Du bist ziemlich lüstern.
... das gleiche Gesicht hast wie er...

... hör auf, mich so...
... anzusehen!
Es ärgert mich, aus welchem Grund, ist egal.
Ich will dich fertigmachen.
Aber...
... noch könnte ich dir verzeihen, deshalb...
Wenn du es wirklich tun willst...

... dann mach's mit dem Mund.
... lauf schnell weg...!

Hör auf...!

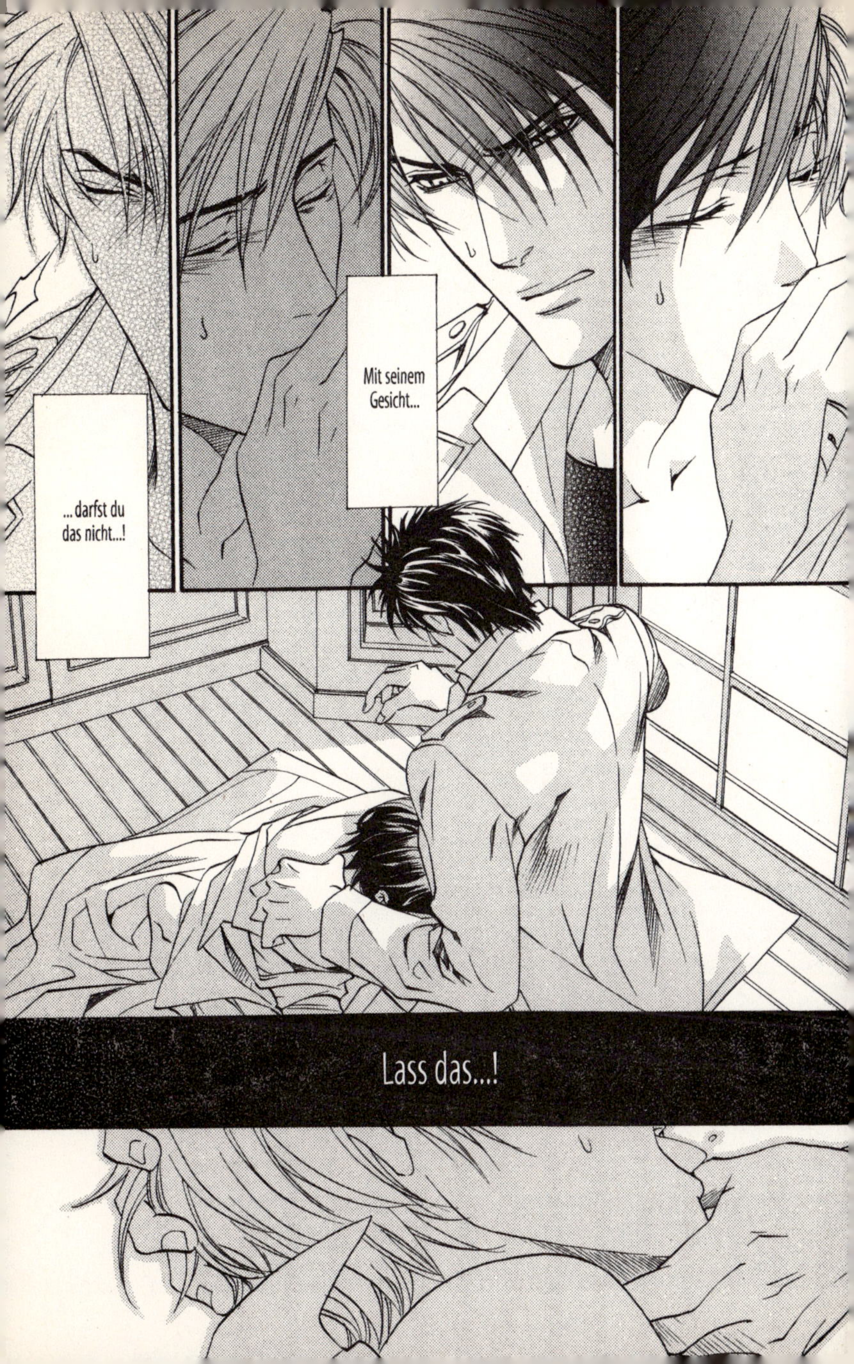
Mit seinem Gesicht...
...darfst du das nicht...!
Lass das...!

Es hört nicht mehr auf....
Ich bin verdammt....

Ich falle...!

Ich bin zu Hause!
Hepp!
Hm?
Was ist los, Masato?
Du sitzt im Dunkeln...

Ent-
schuldige...
... Ich war in Gedanken.
Masato...
... wo ist Kaname?
Keine Ahnung...
... Vielleicht schläft er schon.

Masato...
... ich muss mit dir reden.
Ich hätte es dir schon früher erklären müssen.
Es geht um Kaname.
Kaname...
... leidet unter Anfällen.

Er hatte eine schreckliche Vergangenheit...
... und sobald er sich an sie erinnert, ergreift die heftige Zwangsvorstellung Besitz von ihm...
... mit jemandem schlafen zu müssen.
...?!
Der Arzt, den ich um Hilfe bat, sagte, dass es eine Art PTSD sein soll.
Kaname soll jahrelang von Sakurakos Geliebten missbraucht worden sein.

Sakurako führte ein ausschweifendes Leben. Ich nehme an, Kaname musste ganz allein für alles geradestehen, was sie anrichtete.
Das alles erfuhr ich allerdings leider erst wenige Tage vor ihrem Tod.
Ein Freund von mir ist Anwalt. Mit ihm zusammen veranlasste ich sofort Kanames Adoption und...
holte ihn direkt nach akurakos Beerdigung zu uns nach Hause, hne ihren Geliebten Bescheid zu geben.
Ich weiß nicht, wie schrecklich die Dinge waren, die Kaname geschahen und diese Anfälle bei ihm auslösten.
Aber ich will...
... trotzdem versuchen, ihm etwas Glück zu schenken.

Ich glaube, Ogi hat ihn am Telefon nach Sakurako Nioka gefragt...
... Dann war irgendwas an dem Gespräch der Auslöser für seinen Anfall...?
Sag ihr nichts...
... ja?
Kaname...
... hat also mit mir geschlafen, damit er den Erinnerungen an seine Vergangenheit entkommen kann...
... Aber ich...
... Was habe ich ihm nur angetan!!

...
Deshalb...
... Ma-
sato...
... bitte...
... pass auf
ihn auf.
...!
ぴく
Die Behandlung
von PTSD braucht
sehr viel Zeit.

Ich will, dass du ihn heilst.
Was er jetzt braucht, ist...
... ein Familienmitglied, das ihn so akzeptiert, wie er ist.
...
Nein...!

Tut mir leid, Vater...
... aber ich kann das nicht.
Das geht jetzt nicht mehr.
Er und ich...
... wir können keine Brüder werden...!

Es tut mir leid, Vater...
... Es tut mir so leid...!

Masato...
... Ich muss dir noch etwas sagen.
Ich werde...
... nicht mehr lange leben.

Kürzlich hat mein Arzt mich aufgeklärt.
Für meine Heilung stehen die Chancen schlecht.
Ich werde nicht gleich sterben...
... aber mir bleibt nicht mehr so viel Zeit.
Masato, deshalb bitte...
... pass auf ihn auf.
Aber Vater...!
Ich...!
Masato...
... Masato, bitte hör mir zu.
Ich weiß nicht, was ihr jetzt darüber denkt, aber...
... eines Tages...

... werden wir bestimmt...
... eine Familie.
Eine...
...Familie...?

Aah...
... Endlich...

... wird mir wirklich klar...
... dass er...
... meine Gefühle niemals erwidern wird.

Dann....
Verstanden, Vater...
... Wenn du es willst, dann werden Kaname und ich Brüder. Ich bin...
... lüge ich ihm, solange er lebt....
... etwas vor..
... dein Sohn, Vater.

area 9 × ende

BROTHER×BROTHER
area 10

Hah...
Hh...
清
いちご
2F
カラオケ
東日ホテル
大丸
空室有
Hh...
... Hah...
„Es soll eine Art PTSD sein..."

„Er und ich, wir können keine Brüder werden!“
Weil ich...
... so ein Mensch bin...
... gibt es kein Zuhause für mich...
... das wusste ich schon immer...!

はっ
Hey...
... Lange nicht gesehen, Kaname.
Stiefvater...!

Komm, Masato...
... Wir haben genug geredet, lass uns zu Abend essen.
Ihr beide habt noch nichts gegessen, oder?
Wo ist Kaname?
Ist er wieder in der Küche?
Ja...
... Ich wecke ihn schon.
Bitte setz dich, Vater.

…
„Verstanden, Vater…“
„… Kaname und ich werden Brüder.“
Ich bin wirklich das Allerletzte…!

Trotzdem, ich...
...
Kaname?
Er ist nicht da...?

Ist er nach draußen gegangen?
Er weigert sich doch sonst immer auszugehen...
Moment...
Er hatte eine schreckliche Vergangenheit...
... und sobald er sich daran erinnern wird, überfällt ihn diese heftige Zwangsvorstellung.
Kann es sein, dass er...
... uns zugehört hat, und deshalb...?!

Masato?
Was tust du da?
Ich glaube, er ist weggelaufen...!
Ich werde nach ihm suchen!
Ngh...!

...
Mir bleibt...
... kaum Zeit...!
Kaname...
... Endlich hab ich dich gefunden.
Es hat viel Zeit gekostet, herauszufinden, dass Shirakawa dich aufgenommen hat...
... aber den Weg in sein Haus...
... hast du mir ja jetzt erspart.

Wir gehen nach Hause, Junge.
Ohne dich kann ich nicht mal mein Recht als dein Stiefvater geltend machen.
Ngh...!
Hoppla!
...?
Was ist los mit dir?
Du bist ja heute so trotzig... hm?
Mmh...
... Ach, so ist das, du...
!

Du hast schon einen neuen Besitzer gefunden, richtig?
Du gehst richtig darin auf, Männer heiß zu machen.
Die Mühe hat sich also gelohnt.
Sogar jetzt...
... kribbelt es dir hier, nicht?
Nh...!
He, Kana-me...
... Mit dem Geld deiner Mutter amüsieren wir uns wieder...

... so wie
früher, ja?
Kaname!
Hä?
Wer bist
du denn?

Weg von Kaname!
Das wollte ich dich gerade fragen.
Masa...
Aha...
... Ich habe schon gehört, dass Shirakawa einen Sohn hat.
Schon spielst du dich als sein großer Bruder auf, was?

...
Nein, das tue ich nicht.
Ha!
Tut mir leid, aber ich will meinen Sohn wiederhaben...
... denn er braucht mich noch immer.
„Sohn"...?

Du bist also...
... daran schuld, dass Kaname so geworden ist...!
... Dann, hast du...
... auch schon mit Kaname geschlafen, richtig?
„So“...?
Aha...
Er hat dich verführt, nicht wahr?
Er ist eben eine Schlampe, die mit jedem schläft, sobald sie geil wird.

Sieh nur...
... Er reagiert schon.
Nh...!
Siehst du?
Ich kenne ihn besser als jeder andere.
Na? Kaname...
... Ich liebe dich.
Kaname...

... Willst du das wirklich so?!
Nh...!
Aber...
... du hast doch gesagt, dass wir, du und ich, niemals Brüder werden können, oder?!
Weil ich...
... so bin, deshalb...!

Hahaha! Da hast du recht, Kaname!
So, wie du bist, so könnt ihr nicht Brüder spielen!
Denn du kannst ohne Männer nicht leben!
Wenn das so ist...
... ist das okay.
Ich mache dir nichts vor...
... Ich brauche dich, koste es, was es wolle.
Also...
Ich bin bereit.
Ich werde bei dir sein, egal, wo du bist.

... komm, Kaname!
Wähle mich!
Wenn du willst, dass ich...
... mit dir unter-gehe, dann sinke ich mit dir bis auf den Grund.
Nh...!

Wa...?!
Ver-
dammt...!!

!
Halt dich...
...von Kaname fern!

Ngh...!
Ver-
dammt!
Das wirst du bitter bereuen!
Kaname...?
Nh...!
...
Schon gut...

... Gleich...
... kann ich dir helfen...

Sag mal...
... wieso hilfst du mir überhaupt...?
Du hast nicht wirklich vor, mich als deinen Bruder zu akzeptieren, oder?
Ich...
... brauche dich unbedingt für mein „Verbrechen“.
„Verbre-chen“...?

Ja, ich werde lügen...
... und ihm vorspielen, du und ich wären wie echte Brüder, solange er noch lebt.
Er, unser Vater, hat...
... nicht mehr so viel Zeit.
Deshalb will ich ihm seinen Wunsch erfüllen.
Und...
... von deinen Anfällen weiß ich auch.
Du hast mit mir geschlafen, weil du die Erinnerung an die Vergangenheit nicht ertragen konntest.

Du hast recht, ich kann in dir keinen Bruder sehen...
... aber ich kann dir geben, was du brauchst.
Wenn du vor deiner Vergangenheit fliehen willst, dann komm zu mir...
... und ich bleibe bei dir, solange du willst.
Darum...
... bitte spiel ihm mit mir vor, wir wären Brüder.
Wir tun so...
... als wären wir Brüder...?

Genau...
... Du und ich, wir werden dieses „Verbrechen“ gemeinsam begehen.
Mit anderen Worten...
... das ist ein „Geschäft“.
Wir können keine Brüder werden...
... aber wir können „Komplizen“ werden.
Das ist ein Vertrag nur zwischen uns beiden...
... Kaname, bitte...

... Ich brauche dich.
Ja... das hier ist keine Liebe...
Verstehe...
... und trotzdem...

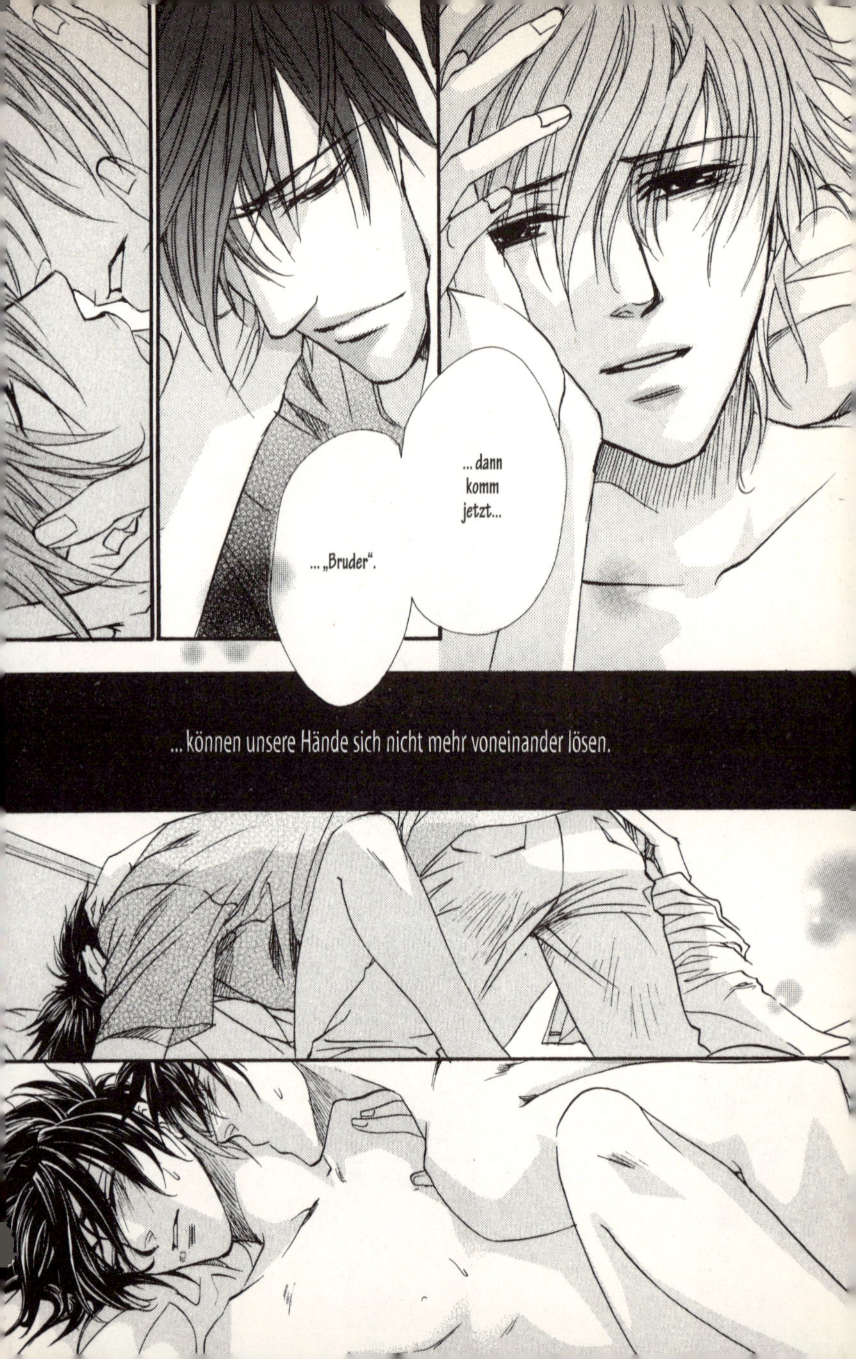
... dann komm jetzt...
... „Bruder".
... können unsere Hände sich nicht mehr voneinander lösen.

Hallo...
... Katsuragi?

Und so...
Es geht um diese Sache...
... Genau...
... Ich will mein Testament machen.
Es gibt etwas...
... das ich für meine Kinder tun möchte, bevor ich sterbe.
... wurden wir an diesem Tag „Komplizen“.
area 10 × ende

BROTHER×BROTHER
area 11

Fünf Jahre später...
...ist er für immer von uns gegangen.
Er hat uns sein Testament hinterlassen.
パサ…
Wer von den drei Kindern nach einem Monat...
... noch im Haus verbleibt, dem fällt das Erbrecht auf das Haus zu, richtig?
Ich hätte nicht gedacht, dass Vaters Testament so ausfallen würde.

Wir...
... konnten seine wahren Absichten eben nicht erahnen.
Ob wir...
... die Brüder mimen konnten, die Vater immer in uns sehen wollte?
Tja...
... das werden wir...
... jetzt nie erfahren können.
„Masato, bitte hör mir zu...“
„... Wir können bestimmt eine Familie werden.“
Ob ich....
...mein Versprechen dir gegenüber einhalten konnte...?

Solltest du gewusst haben, welche Beziehung Kaname und ich tatsächlich haben, dann...!
Sag mir, Vater...
... was hast du dir wirklich gewünscht?
Ah...

... Soichiro.
Ich komme zu spät...
... Sorry.
...
...
Was ist?
...
Mir ist noch nicht so ganz bewusst...
... dass...
... hier mein Vater liegt.

Ah, richtig...
... Du kommst hier zum ersten Mal her, Soichiro.
Uhm...
Ich weiß, ich hätte das schon eher machen sollen...
... aber ich dachte, ich sollte erst herkommen, wenn ich so weit bin.
„Noch habe ich...
... nicht dasselbe erreicht wie mein Vater“, dachte ich mir dann.
Aber...
... jetzt, wo ich hier bin, habe ich vielmehr das Gefühl, dass so was eigentlich völlig egal ist.
Denn schließlich...
白川家先祖

... sind wir eine Familie.
... wollte...
... ich sagen.
ROTWERD
Hehe...
Ja...
... Ich finde...
Und das...
... finde ich mittler-weile gar nicht mal so schlecht...

... das mittler-
weile...
... auch.
Kaname-
san...!
Ah.
Äh,
oh...
... Entschul-
digung!
...
Dass wir eine Familie
wären, sei nicht
schlecht, sagt er.

„Ich habe dich lieb.“
Er schafft es immer...
... mühelos auszusprechen, was wir uns alle nicht trauen zu sagen.
Sagt mal...
... habt ihr schon zu Mittag gegessen?
Ich kam direkt vom Studio her und habe Hunger.
Wir haben jetzt ein Maul mehr zu stopfen. Da hält nichts lange!
Ah.
Ich kann zu Hause etwas kochen...
... Moment, der Kühlschrank ist leer.
Ich wachse doch noch.
← 186cm
175cm →
Du sollst nicht breiter, sondern größer werden.
Klappe!
Es tut mir leid!
Wie auch immer...
... gehen wir heute was essen?

Ah!
Ich habe eine Idee, wo wir essen könnten!
Ja!
Einer aus meiner Crew hat erzählt...
... dass in der Nähe ein gutes Restaurant eröffnet hat.
Oder lieber nicht?
Wenn Kaname-san nicht will, lassen wir das lieber.
Keine Sorge.
Kicher
Ab und zu will ich auch mal was anderes essen und von einem neuen Geschmack kosten.
Wirklich?! Dann ist gut!
Dort kann man richtig leckeres frittiertes Hühnerfleisch essen, hab ich gehört!
...

...
Vielleicht hält Soichiro...
... Kaname wirklich für seinen...?
Wenn Kaname und ich auch...
... so hätten sein können...
... hätte die Situation dann anders ausgesehen?

Hätte ich damals nicht mit Kaname geschlafen...
...sondern ihn umarmt und gesagt, dass ich ihn liebe, so wie Soichiro das gemacht hat...
...wäre Kaname früher zu retten gewesen...?
„Retten"...?

Ah...
...So ist es...!

Was er jetzt braucht, ist...
... ein Familienmitglied, das ihn so akzeptiert, wie er ist.
Also das ist es...!
Was du...
... wirklich von mir erwartet hast, ist...!
Du bist...

... immer noch...
... schrecklich gemein.
Du wusstest von allem...
... Von meinen Gefühlen für dich und...
... hast gehofft, dass Kaname und ich zusammenfänden.

Du ließt dir nie in die Karten schauen, aber...
... was in mir vorging, hast du immer gewusst.
Ich bin dir nicht gewachsen.
An dich...
... werde ich nie rankommen, nicht einmal jetzt.
Aber... gerade weil du so ein Mensch warst...
Ich...

... ich habe dich immer geliebt...
... Kaoru-san.
Gefühle, die ich nie aussprechen konnte...
... gehen mir leicht über die Lippen.
Auch wenn ich dir immer nachgelaufen und nie glücklich geworden wäre...
... hätte ich dich immer gewollt.
Nicht deine Gefühle als Vater, sondern als Mann...
... interessierten mich, und diese Ungewissheit quälte mich.
Aber...

... jetzt weiß ich...
... was du wirklich wolltest und dachest.
Ich werde deinen Wunsch, dessen Erfüllung du nicht erleben konntest, übernehmen.
Ich mache deinen Wunsch zu meinem eigenen Wunsch.
Das würde dir doch gefallen, oder?
Deshalb...
... Diesmal schwöre ich dir...

... dass wir, Kaname, Soichiro und ich, eine Familie werden.
Wir werden es schaffen, gemeinsam glücklich zu werden, ganz bestimmt.
So, wie du es dir gewünscht hast...
... und so, wie ich es mir wünsche.
Leb wohl...
... Kaoru-san.

Masato!
Was machst du da? Beeil dich!
Also...
... Ich habe mir einen Vorsatz genommen.
inen satz?
Dass ich...
... keinen Kompromiss mehr eingehe.
Nur noch zwei Wochen bis zum Fristende, also...
... pack schon mal deine Sachen, klar?
Mann, Masato!
Ungh!
Noch steht nichts fest!
Verdammt!
area 11 × ende

Hallo! Freut mich, euch kennenzulernen! Nach zwei Jahren habe ich endlich „Brother x Brother" wieder gezeichnet. Ich hoffe, ihr hattet Spaß beim Lesen. Nachdem ich das 1. Kapitel beendet hatte, musste ich ein Jahr lang eine andere Serie zeichnen, und erst danach konnte ich das 2. Kapitel, also das Rückblick-Kapitel anfangen... Insgesamt hat es sehr lange gedauert, bis der 2. Band herauskam. Für die, die gewartet haben, tut es mir wirklich leid! Dass ich den Band trotzdem noch veröffentlichen konnte, freut mich sehr.
Die Story spielt jetzt wieder in der Gegenwart und beginnt damit auch im 3. Kapitel. Dabei zeigt sich in der Beziehung zwischen Soichiro, Kaname und Masato eine neue Entwicklung...! Seid gespannt!

Besten Dank an meine Redakteurin I-sama für die tolle Zusammenarbeit (wie schon beim letzten Mal) und an M-chan, K-chan, T-mi und T-uchi-san, die mit mir zusammen das Chaos bewältigt haben, sowie an alle anderen, die mich unterstützt haben!

Hirotaka Kisaragi

nachwort × ende

BROTHER
HIROTAKA × KISARAGI
BROTHER

„Brother x Brother" von Hirotaka Kisaragi
Aus dem Japanischen von Ai Aoki
Originaltitel: „Brother x Brother" Vol. 2

verlegt durch EGMONT Verlagsgesellschaften mbH, Gertrudenstraße 30-36, 50667 Köln

1. Auflage
Verantwortliche Redakteurin: Yvonne Hoffmann
Redaktion: Marcel Le Comte
Lettering: MOX
Covergestaltung: Wolfgang Schütte
Koordination: Nadin Kreisel
Buchherstellung: Sarah Fritsche
Druck und Verarbeitung: CPI - Clausen & Bosse, Leck
ISBN 978-3-7704-6886-7

SUTOPPU!

Koko wa kono manga no owari dayo.
Hantaigawa kara yomihajimete ne!
Dewa omatase shimashita!
Tanoshii hitotoki wo dozo!

EMA-Manga Chiimu

STOPP!

Das ist der Schluss des Mangas.
Fangt bitte am anderen Ende an!
Und nun genug der Vorrede,
viel Spaß beim Lesen!

Euer EMA-Manga-Team